Owa't Tawo
Mga Akeanong' Binaeaybay

W. J. Manares

Ukiyoto Publishing

All global publishing rights are held by

Ukiyoto Publishing

Published in 2023

Content Copyright © W. J. Manares

ISBN 9789360166571

*All rights reserved.
No part of this publication may be reproduced, transmitted, or stored in a retrieval system, in any form by any means, electronic, mechanical, photocopying, recording or otherwise, without the prior permission of the publisher.*

The moral rights of the authors have been asserted.

This is a work of fiction. Names, characters, businesses, places, events, locales, and incidents are either the products of the author's imagination or used in a fictitious manner. Any resemblance to actual persons, living or dead, or actual events is purely coincidental.

This book is sold subject to the condition that it shall not by way of trade or otherwise, be lent, resold, hired out or otherwise circulated, without the publisher's prior consent, in any form of binding or cover other than that in which it is published.

www.ukiyoto.com

Tao kimo ra!

Contents

Animal Ka, Umuli Ka Pa	1
Bomba, Marilou	3
Buhi Pa Nagbueog Kimo Karon	5
Gahugom Ta It Humon Nga Bayawas, A	7
Hay, Ano Eon, Gina-Eomot Eon Do Baso	9
Hay, Buhi Ka Pang' Sapae Ka	11
Hay, Hin-Aga Lang	12
Hay, Nano Eon, Ginasilakan Eon I'ng' Buli	14
Hay, Nano, May Ginakaon Ka Pa Sa Inyo	16
Maemae Kat-I'ng	18
O, Hara, Pag Gabot Sa A'ng' Sabot	19
Owa Pa Kapangaywa	21
Owa't Salig Nga Linti Ra	22
Patya Lang Ako, Dolor	24
Sa I'ng' Kahabok Maton	26
Sa Lugar Lang, Nong, Sa Puno It Santoe	27
Sige, Una Eon, Daea It Kingki Basi Hinandad Ka	29
Sinimo Ron	31
Timprano Ka Pa Para Hin-Aga	32

Usuya't Mayad Baba Abi Gausoy	34
About the Author	35

Animal Ka, Umuli Ka Pa

Nagatueok sa maeayo, upod eon do kandila,
Mayad eang hay ugsad, ngani may buean sa guwa.
Ginahandom ko ro ikaw nga akong' hakilaea,
Bukon it ro ikaw nga makaron hay owa pa.

Naga-eaum sa imong pagbalik,
Sige eang ro akong' hinutik-hutik,
Ginakahidlawan ro makaatubang ka,
Ag makaistorya kitang' daywa.

Ag umabot eon ngani ro akong' ginahueat-hueat nga kahigayunan,
Hasip-eatan ta ikaw sa kasagingan.
Hilong, gaueuatras, kat maeapit lang hay maangtod,
Apang akon ka gihapon nga ginpasuoed.

Dahil sayod ko man nga haum ka eon kara,
"Animal ka, umuli ka pa!" Ro akon nga pamisaea.
Mayad eang hay owa ka man gasabat,
Por dahil hakita mo ang buyot nga binus-ak.

Bomba, Marilou

Indi pagpadaean-daeani,
Dueudasiga abi.
Kat ro agi baea hay gaaso,
Dapat abtik, areglado.

Ro mahinay nga hueag,
Nga mas abu pa ro sangag,
Hay isaeang ka saea
Nga dapat may pagkamadla.

Paspasi to o,
Agud madasig mapuno.
Waswasi ki,
Hay, kundi awas eagi.

Ano pa ing ginahueat,
Bakasa eon, hala, banat.
Bomba, Marilou,
Ayaw't pahiyu-hiyo!

Buhi Pa Nagbueog Kimo Karon

Haeos kadungan it pag-eangbo ku akong' sabot,
Ro akong' buhok nga medyo kulot.
Kahabaon kunta ra ugaling hay maeaitsura,
Nahilak gid ako nga magpabueog sa banwa.

Mayad eang hay may manugbueog nga taga-amon,
Ginlibre nana ro bueog nga nagbuhin sa kagumon.
Nalipay ako't duro bangud nga owa nana ako pagsukta,
"Bak-ei lang ako't sang ka stik," ro hambae nana.

Ngani nag-usoy ako it maeapit nga baraka,
Ag nangutang it sigarilyo nga paborito nana.
Ro nagabaligya hay nangutana kakon,
"Buhi pa nagbueog kimo karon?"

Nagdali-dali ako't balik sa pabueugan,

Agud itao ro anang ginakaibugan.

Ayawan ako't usoy sa barbero,

"Owa eon ako iya!" Ro hambae it mueto.

Gahugom Ta It Humon Nga Bayawas, A

Ro silak hay nagadueot,
Ginapanghueasan ka it maeaput-eapot.
Pagtubod s'i'ng' hueas.
Owa ka gapamunas.

Ro adlaw hay gakaea-kaea,
Hueas mo sa eambong eang nagmaea.
Nagdukot sa panit ro baehas,
Ra hugom hay humon nga bayawas.

Kainiton nga mayad,
Sige mat-a r'i'ng' bilinuead.
Gatueueo eon ro imong mantika,
Owa ka't hakat nga bae-a.

Sa kadanggahon it alas-tres,
Owa ka gid nag-ilis.
Ro imong ilukon, nakasayod ka baea?
Gahugom ta it humon nga bayawas, a!

Hay, Ano Eon, Gina-Eomot Eon Do Baso

Kasadya gid kon may inum-inom,
Idto sa amon abung' paeahilong.
May oras gid sa pagtieilipon,
Ag ro ilimnon hay ginalon.

Tuba, huo, kat bahae gid,
Maeahaeon nga bino ro kaanggid,
Kon hilong eon ag gatueutakilid,
Hay indi eon magtindog hay basi lumigid.

May akong' hakita ag hasaksihan,
Pinasahi nga upisyo sa ilimnan,
Ginaagi sa pabueobueo ag mga saut-saot,
Ngani ro baso hay gina-eumot.

Hay, ano eon? Imna eon agud hitigisan it uman,
Ayaw pagsakua ro pagpudyot it sumsuman,
Gamas-ot eon ro buot it imong' kaiping,
Bisan dagaya eon kamo nga nagadueuling.

Hay, Buhi Ka Pang' Sapae Ka

Mayad hay nakaeampuwas ka,
Sa pasakit ag kaeuya.
Hay, buhi ka pang' sapae ka?

Maku indi hipatihan,
Nga ikaw hay gaginhawa pa man.
Hay, buhi ka pang' sapae ka?

Debwenas ro Pari nga kimo hay nagbunyag,
Asta makaron hay mabaskog r'i'ng' kaeag.
Hay, buhi ka pang' sapae ka?

Kabay pa nga magpadayon,
Magbuhay pa i'ng' kabuhi ngaron.
Hay, buhi ka pang' sapae ka?

Hay, Hin-Aga Lang

Haron eumat-a, pagdali-dali abi,
Ayawan ako't hilinueat, masakit eon ang siki.
Kaina pa gatilinindog iya sa puno it gugu,
Kaibahan ko ro mga bukaw ag kabog pati eon do uko.

Anong' oras eut-a, kabuhay-buhay,
Maemae eon a'ng' kaibog sa akong' hueay.
Mayad kunta kon abu ron, agud buko't bitin,
Iya ako sa kagumu-gumuan, nagakatinkatin.

Hay, paalin da? Hay, hinaga lang?
Owa ka gid kadumduman sa atong' inistoryahan.
Pinasugtan ko ikaw, ginasinugod eon ako't namok,
Makatueop siguro ako kara, mata mo mahaeok.

Kon indi ka pa mag-abot, humanda ka ka'ng,
Bugto gid i'ng' pagtubo, makaron pa eang,
Ginahambae ko eagi kimo, nga bilaryana ka,
Ayaw ako pagpueupamasyari sa amon, ha?

Hay, Nano Eon, Ginasilakan Eon I'ng' Buli

Asta makaron hay tueog pa,
Nagpinueaw abi.
Hay nano eon da?
Ginasilakan eon i'ng' buli.

Asta makaron hay gapanago,
Sa sueod it haboe nga mabahu-baho.
Hay nano eon?
R'i'ng' buli, ginasilakan eon.

Asta makaron hay gainugayong,
Kabii pat-ang' inung-ong.
Hay alin gid?
Kon a'ng' buli, may kagidkid.

Asta makaron hay gabalikutot,
Nagub eon eumusot.
Hay paalin?
Kon i'ng' buli lang i'ng' kaiping.

Hay, Nano, May Ginakaon Ka Pa Sa Inyo

Kanamiton tueukon ro mga kadaeagahan,
Kanamiton ro andang' mga kaeawasan.
Ugaling kunta aton man sandang' hambaean,
"Hay nano, may ginakaon ka pa sa inyo?"

Mayad-ayad ro eawas kon kaniwangon,
Mayad, owa it masakit ag malipayon,
Apang dapat man kandang' hambaeon,
"Hay nano, may ginakaon ka pa sa inyo?"

Indi paglibaka ro matueutambok,
Nga kon umeak-ang hay gatap-ok,
Aton lang ibutang sa atong' utok,
"Hay nano, may ginakaon ka pa sa inyo?"

Ayaw man pagpakaeaina ro mga buy-unan,
Hay kon mamahaw ron hay asta hidunlan,
Inyo lang painu-inuhon, mga taga-Aklan,
"Hay nano, may ginakaon ka pa sa inyo?"

Maemae Kat-I'ng

Owa ako't mahambae sa i'ng' ginapakita,
Owa ako't komento sa imong lala.
Maemae kat-i'ng, maeai't batasan.
Maemae kat-i'ng, ueugtasan.

Owa ka't rason agud magmakaruyon,
Owa ka't rason nga magpadayon.
Maemae kat-i'ng, gapinasaway,
Maemae kat-i'ng, panueay.

O, Hara, Pag Gabot Sa A'ng' Sabot

Kamahae-mahae eon do tanan,

Maku indi eon hisarangan.

Kabahoe-bahoe eon ro tastas,

Ku akong buesa nga mangtas.

Gataya kunta ako kaina,

Ugaling hay akong' hadumduman,

Owa eon gali ako't kwarta,

Paalin lang baea kita kara man?

Sambilog pa nga akong ginainisip,

Hay ro akong asawa sa Manhanip.

Gakinahang-ean it pangbakae,

Ag sangkurot nga pangsugae.

O, hara, pag bugnot sa a'ng' sabot,
Hay maeangbo eon da.
Ayaw it tuead sa palibot,
Agud indi kita mamroblema.

Owa Pa Kapangaywa

May pista euman sa pihak nga banwa,
Sigurado gid nga busog euman kita kara,
Indi maduea ro litson,
Pag-uli mo hay may pabaeon.

Maliya iya, kita hay magtieilipon,
Bisan indi eon kita pagpaihap'non,
Sa ilabas hay aton lang dang' dunganon
Abaw a, kanamiton!

Sa mga kasadyahan hay ayaw't balibad,
Kon ginasampit ka nga kumaon, bisan owa't "fruit salad",
"Kakaon ka eon?" Andang pangutana.
R'i'ng' isabat hay, "Owa pa kapangaywa!"

Owa't Salig Nga Linti Ra

Owa't salig nga linti ra,
Pilang bes ko baea umanon?
Kakon hay magpati ka,
Bukon ako't purilon.

Owa't salig nga linti ra,
Pauman-uman kat-i'ng.
Pilang bes gid baea,
Bago magsueod sa i'ng' bagiing?

Owa't salig nga linti ra,
Gaduda ka pa gihapon?
Bukon it kabuhay eon da,
Nga ginhilinambae nakon?

Owa't salig nga linti ra,

Ham-a't makaruyon i'ng' batasan?

Katu-kato pa nga promisa,

Owa gid gali nimo gintandaan.

Patya Lang Ako, Dolor

Galitik eon ang ueo,
Indi ako hitueugan.
Gawarang ang painu-ino,
Apang owa't hidumduman.

Siin eon ro paghidait?
Kaugalingon, ginapangutana.
Tanan nga Santo, ginasambit
Maku owa man it data.

Kon pananglit magtawhay,
Kunta hay iya ka sa ang euyo.
Ginahandom ro kasuehay,
Kaibahan nimo.

Kon indi man ra magminatuod,
Dolor. patya lang ako!
Hay owa eon man ako it kabakod,
Agud magsinige't inarado.

Sa I'ng' Kahabok Maton

Tanan nimong ginahinambae hay pinadapoe,
Puro sugid eang, owa it kapueos-pueos.
Mayad pa nagmiri ka lang ina sa binit,
Ag nagtanom it balinghoy sa daea-ag.

Ro imong ginasilinugid hay maeayo sa kamatuoran,
Mga kapurilan ro sueod it imong istorya.
Uli lang sa inyo ag magkatueog,
May hibuoe ka pang' muta sa ing kalimutaw.

Owa gi't nao ro gaguwa sa ing baba,
Kasakit ang dueunggan kon makabati.
Ngani ro akong' mahambae eang kimo,
"Sa i'ng' kahabok maton!"

Sa Lugar Lang, Nong, Sa Puno It Santoe

Siin ka halin ay?

Ham-a't gadali?

Siin inyong baeay?

Makaron ka pa eang gauli.

Indi ako pagpinangutan-a,

Ro buean eang ro istoryaha.

Owa ako't panahon kimo,

Indi eon it panggamo.

Hay paalin gali ra?

May imo pang kwarta?

Basi owa ka it pamasahe?

Ag gulpi ka eang mag-"one two three".

Tama eon dun nga winakae,
Ing baba basi magpaeanghabae.
Sa lugar lang, Nong, sa puno it santoe...
Manaug eon ako hay basi mamueot ka't bukoe.

Sige, Una Eon, Daea It Kingki Basi Hinandad Ka

Sa panahon makaron, kinahangean naton nga magdahan,

Ayaw't dinali hay basi hisudyang, ag hisue-an.

Basin sabon sa sobrang' paspas hay magkaeabitas,

Bukon eang it tsinelas, kundi pati eawas.

Sinanda hay kamayaron ka.

Ham-an gali't nagkaeanina?

May gasgas sa tuhod, may una man sa alima.

Basi pati r'i'ng ueo hay may samad,

O basi makaruyon ka bangud sa imong katamad?

Kon indi ka mat-i'ng mamati kakon,
Hay kimo eut-a ron!
Sige, una eon,
Daea it kingki basi hinandad ka,
Ag ako pa ro basueon it imong asawa.

Sinimo Ron

May anwang pa sa eugan-eugan,
Mapagsik at but-anan.
Sinimo ron!
Ham-a't owa ako't makit-an.

Ayaw't pati sa a'ng ginhilinambae,
Ayaw't pamati sa a'ng ginwilinakae.

Musyon, gapamueot kita't kaeamay,
Abu sa daean, sa tindahan gasaeabeay.
Sinimo ron!
Taw-i ko ki't pangbakae anay.

Ayaw't pabati-bati kon ikaw hay iguon,
Ayaw't pabote-bote kon may una mang' ginalon.

Timprano Ka Pa Para Hin-Aga

Sa kaeayuon it Polocate,
Hay pirmi lang akong' ulihi,
Ginatikang eang abi,
Owa't kwartang' pangpamasahe,
Ngani ro hambae it akong' kaeskuela,
"Timprano ka pa para hin-aga!"

Sa kanamiton ku paguwa kabii,
Nagbueueaw kami,
Tapos nagsuka pa it kamote,
Agud may pamahawon man abi,
Ag ro hambae kang it maestra,
"Timprano ka pa para hin-aga!"

Sa kabuhi naton ngara nga mapi-ot,
Tumaeagsahon eon ro makaeusot,
Sa ibabaw ko rayang daeaura,
Nga nagatabon sa atong' mga saea,
Ag kon may maghambae kimo nga,
"Timprano ka pa para hin-aga!"
Hambaea...
"Ayaw anay, 'La, gusto ko pang' mag-eskuela!"

Usuya't Mayad Baba Abi Gausoy

Siin eon do makara? Siin eon do makato?
Indi mo hikit-an bangud sa i'ng' upisyo.
Usuya't mayad, baba abi gausoy,
Kon hinanot ta dikaron, ikaw ro makaeueuoy.

Ro mga bagay-bagay nga ginagamit naton,
Hay ibalik sa ginbue-an agud madaling' usuyon.
Painu-inuha nga bukon eang it ikaw ro gakinahang-ean,
Ngani ipabinit, kay-aron, ag imong haeungan.

Ikaw man nga ginapausoy hay magtao it haega,
Sa ginahingyo kimo agud imong' hikita raya.
Indi magdali, usuya it mayad, r'i'ng' mata hay gamiton,
Bukon it ro imong' baba nga kasangagon.

About the Author

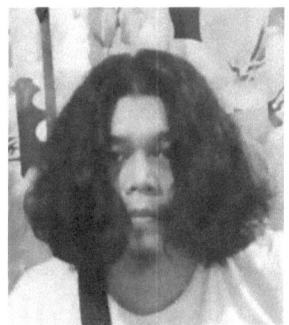

W. J. Manares

Si W. J. Manares a.k.a Willer Jun Araneta Manares ay lumabas mula sa sinapupunan ng kanyang ina noong ika-1 ng Hunyo, taong 1985. Isang hindi-gaanong-kilalang Manunula't Manunulat. Siya ay lehitimong miyembro ng ika-7 na henerasyon ng Familia Araneta sa Pilipinas. Masaya siya sa kanyang bukod-tanging pamumuhay sa probinsiya ng Aklan - ang pinakamatandang lalawigan sa bansa.

Siya ang may-akda ng mga aklat-Ukiyoto na, "Betlog : Titiliang Tala, Tatalaang Tula", "Tanaga, Diyona... Dalit? Mga Tulang May Pusong Pinoy (with English translation)", "Flashbacks of Flashforwards : Speculative Stories" at "OTNEWUK: Mga Saliwang Salaysay".

www.ingramcontent.com/pod-product-compliance
Lightning Source LLC
LaVergne TN
LVHW041559070526
838199LV00046B/2053